LOS

GRITOS

DEL PASADO

Gracias a Olivier.
Gracias a los miembros del Atelier Mille.

Léonie Bischoff

Título original: *Le prédicateur*
Textos e ilustraciones: © Casterman, 2015
Basado en la novela *Los gritos del pasado,* Maeva, 2008
© Camilla Läckberg
Publicado con el acuerdo de Nordin Agency AB, Suecia
© de la traducción: Marta Armengol Royo, 2016
Adaptación de cubierta: Gráficas 4
© MAEVA EDICIONES, 2016
Benito Castro, 6
28028 MADRID
www.maeva.es

ISBN: 978-84-16363-57-5
Depósito legal: M-36.472-2015

L.10EIFN001905.N001

SOY ERICA FALCK. ESCRIBO BIOGRAFÍAS Y ESTOY EMBARAZADA DE MI PRIMER HIJO.

ME ENCANTA METERME DONDE NO ME LLAMAN.

SOY PATRIK HEDSTRÖM. MI PLAN: PASAR MUCHO TIEMPO CON ERICA ANTES DE QUE NAZCA NUESTRO HIJO.

PERO SOY POLI.

SOY SIV LANTIN.

Y YO, MONA THERNBLAD.

DESAPARECIMOS EN MISTERIOSAS CIRCUNSTANCIAS EN 1979.

VEINTICUATRO AÑOS DESPUÉS, VAMOS A REAPARECER.

CUANDO APAREZCO EN ESTA HISTORIA, NADIE ME CONOCE.

LO ÚNICO QUE SE SABE DE MÍ ES QUE FUI ASESINADA.

SOY JENNY MÖLLER. ESTOY AQUÍ CON MIS PADRES DE VACACIONES.

PERO SE CONVERTIRÁN EN UNA PESADILLA.

SOY EPHRAIM HULT. FALLECÍ HACE DIEZ AÑOS.

PERO ANTES TODO EL MUNDO ME CONOCÍA COMO «EL PREDICADOR».

SOY GABRIEL HULT, EL PRIMOGÉNITO DE EPHRAIM EL PREDICADOR.

DE NIÑO SIEMPRE FUI SU PREFERIDO.

HEREDÉ TODA SU FORTUNA CUANDO MURIÓ.

SOY JOHANNES HULT, EL HERMANO DE GABRIEL.

CUANDO NOS HICIMOS MAYORES, MI HERMANO DEFORMÓ LA REALIDAD PARA HACERME DAÑO.

¿CÓMO SUPERAR UNA TRAICIÓN ASÍ?

ME LLAMO LAINI HULT. SOY LA MUJER DE GABRIEL.

UN SECRETO ME CORROE DESDE HACE AÑOS.

SOY SOLVEIG HULT. ESTABA CASADA CON JOHANNES. ERA LA MÁS FELIZ DE LAS MUJERES.

SU SUICIDIO ME MATÓ EN VIDA.

SOY JACOB HULT, EL HIJO DE GABRIEL Y LAINI. VINE AL MUNDO PARA AYUDAR A LA GENTE CON PROBLEMAS.

YO SOY LINDA, SU HERMANA. NOS LLEVAMOS DIECISIETE AÑOS. VIVO CON ÉL.

ES UN MEAPILAS, PERO POR LO MENOS NO ME AGOBIA TANTO COMO MIS VIEJOS.

ME LLAMO JOHAN HULT. SOY EL HIJO DE SOLVEIG Y DE JOHANNES.

YO ENCONTRÉ EL CADÁVER DE MI PADRE.

NO VOLVÍ A LEVANTAR CABEZA.

SOY MARTIN MOLIN. ENTRÉ EN EL CUERPO DE POLICÍA HACE UN AÑO.

ESTA ES MI PRIMERA INVESTIGACIÓN IMPORTANTE. ESPERO ESTAR A LA ALTURA.

SOY GÖSTA FLYGARE. SOY POLICÍA DESDE HACE TANTO TIEMPO QUE NO RECUERDO NI POR QUÉ.

PERO ESTE CASO ME VA A REFRESCAR LA MEMORIA.

SOY ERNST LUNDGREN. MI TALENTO COMO POLI ESTÁ TOTALMENTE DESAPROVECHADO.

QUE SE JODA TODO EL MUNDO.

YO SOY EL COMISARIO BERTIL MELLBERG. APAREZCO MUY POCO EN ESTA HISTORIA.

ESTOY MUY OCUPADO CON MI ROMANCE CON UNA MACIZA ESLOVACA QUE CONOCÍ POR INTERNET.

PERO NO SE LO DIGÁIS A NADIE.

SOY SARA KLINGA.

Y YO SOY SU MADRE, CHARLOTTE. SOMOS AMIGAS DE ERICA Y PATRIK.

MENOS MAL QUE ESTAMOS AQUÍ, SI NO, ¡ESTARÍAN SERIOS TODO EL RATO!

Esta historia tiene lugar en Fjällbacka, una pequeña ciudad portuaria de Suecia, durante el verano de 2003.

Pero, en realidad, empezó mucho antes...

LÉONIE BISCHOFF   OLIVIER BOCQUET

LOS GRITOS DEL PASADO

Basado en la novela de CAMILLA LÄCKBERG

Rotulación: GUY BUHRY

Color: SOPHIE DUMAS

MAEVA

PERDÓN.

NO TE PREOCUPES.
NO DEJARÉ QUE TE HAGA DAÑO.

¿QUÉ? ¿QUIÉN? ¿QUIÉN
VA A HACERME DAÑO?

ÉL ES BUENO, ¿SABES? ESTOY
SEGURA DE QUE LO HACE POR
NUESTRO BIEN.

¿QUIÉN?
¿QUÉ VA A
HACERME?

ES TAN TIERNO...

¡¿PERO QUIÉN?!
¿DE QUIÉN
HABL--?

¡NO TE ME
ACERQUES!

SOLO ÉL PUEDE
TOCARME.

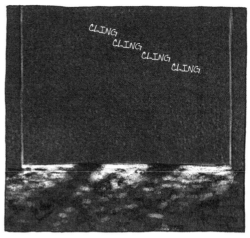

NO TE MUEVAS. ESTO NO DURARÁ MUCHO.

NO.

¡NO, NO! POR FAV-- ¡AAAAAHHH!

SSSSHHH... EA, EA... YA PASÓ...

TODO VA BIEN.

AAAAH...

TODO VA A IR BIEN.

ESOS CRETINOS CON SUS PINCITAS DE DEPILAR...

ES UNO DE LOS LUGARES MÁS VISITADOS DE TODO FJÄLLBACKA. HABRÁN RECOGIDO ADN DE TODA EUROPA.

Y ADEMÁS, SINCERAMENTE, ¿CUÁNDO SE HA RESUELTO UN CASO GRACIAS A UN CABELLO?

BUENO, TENGO OTRAS COSAS QUE HACER. TE HAGO RESPONSABLE DEL EXPEDIENTE.

¡PERO YO ESTOY DE VACACIONES! ¡SOLO HE VENIDO A ECHARTE UNA MANO!

¡NO TE PONGAS EN PLAN FUNCIONARIO! ESTO NO SERÁ MÁS QUE UNA EXCURSIÓN QUE ACABÓ MAL. EN DOS DÍAS, CASO CERRADO.

¡AQUÍ HAY ALGO!

DOS DÍAS, ¿EH?

DOS DÍAS, ¿EH?

QUIZÁ UN POCO MÁS. UNA SEMANITA.

BUENO, VALE... NO SÉ CUÁNTO TIEMPO ME LLEVARÁ.

EL PRIMER HOMICIDIO EN UN AÑO Y MEDIO, Y TENÍA QUE PASAR JUSTO AHORA.

SON SOBRE TODO ESOS DOS ESQUELETOS QUE...

¡¿DOS ESQUELETOS?! ¡DE MAL EN PEOR! ¿NO PUEDES PASARLE LA INVESTIGACIÓN A OTRO?

¿A OTRO? ¿A QUIÉN?

¿A ERNST-EL-BORRA-CHÍN?

¿A GÖSTA-TENGO-GOLF-A-LAS-CINCO?

¿Y MARTIN?

AÚN ESTÁ UN POCO VERDE.

¿ASÍ QUE A TU MUJER, QUE ESTÁ COMO UN GLOBO, NO LE QUEDA OTRA QUE SUFRIR LA OLA DE CALOR DEL SIGLO SIN UN ESCLAVO QUE LA ROCÍE CON AGUA FRESCA CON SOLO CHASQUEAR LOS DEDOS?

ME TEMO QUE SÍ.

¿QUÉ PUEDO HACER PARA AYUDAR EN LA INVESTIGACIÓN?

NADA.

VENGAAAA, PORFA...

NO ERES POLI Y ESTÁS EMBARAZADÍSIMA. TÚ NO TE MUEVES DE AQUÍ.

PORFA, PORFA, PORFA...

ADEMÁS, TIENES UNA EDAD MENTAL DE CUATRO AÑOS Y MEDIO.

ESTÁS PEGAJOSO.

NO, TÚ ESTÁS PEGAJOSA.

TE SUDAN LAS OREJAS.

NO, A TI TE...

AY, ESPERA... CÓMO PICA...

¿DÓNDE HEMOS DEJADO LA MANTA?

POR AHÍ.

¿QUÉ ES ESTO?

¡UN REGALO PARA MI PRINCESA!

¿JOHAN? ¿HAS VUELTO A HACER UNA VISITA A DOMICILIO ESTA NOCHE?

OYE, ¿QUIERES SER MODELO SÍ O NO?

¡PUES LO PRIMERO QUE TIENES QUE HACER ES PRACTICAR!

¡VENGA, VA, ENSÉÑALES LO QUE VALES A TODOS LOS DIRECTORES DE CASTING!

ESO ES, LINDA, ¡ERES LA MÁS GUAPA!

¡NO, NO SONRÍAS! ¡LAS MODELOS NUNCA SONRÍEN!

SÍ, ESO ES, UN POCO CALIENTE. COMO UNA OLA DE CALOR.

¡YA VERÁS LA CARA QUE PONE TU VIEJO CUANDO SEAS UNA ESTRELLA!

MARTIN, ¿QUÉ TIENES?

NO SE HA DENUNCIADO NINGUNA DESAPARICIÓN EN LA ZONA. HE LLAMADO A MALMÖ Y A GOTEMBURGO. NINGUNA COINCIDENCIA.

INTUYO QUE VOY A ACABAR LLAMANDO A TODA SUECIA.

¿HAS PROBADO EN LA BASE DE DATOS EUROPEA?

NO FUNCIONA. PARA VARIAR.

¿ERNST?

¿MM?

LOS VECINOS.

AH, SÍ. NADA DE NADA. UN HOMBRE OYÓ UN COCHE HACIA LAS TRES DE LA MADRUGADA. ESO ES TODO.

LE HE PUESTO UNA MULTA. ESTABA MAL APARCADO.

AH... BUENO... AL MENOS NO HAS PERDIDO EL TIEMPO.

HE PUESTO COMO DIEZ MULTAS. LA ZONA DE LA PLAZA INGRID BERGMAN ES UNA MINA DE ORO.

BIEN. RESPECTO A LOS ESQUELETOS...

SEGÚN EL FORENSE, A PRIMERA VISTA NO PARECEN TENER MÁS DE VEINTICINCO O TREINTA AÑOS.

TAL VEZ ENCONTREMOS ALGO SOBRE UNA DOBLE DESAPARICIÓN EN LOS ARCHIVOS.

Y ANNIKA ESTÁ DE VACACIONES...

¿ERNST? ¿GÖSTA?

¿ME VES CARA DE ARCHIVERO?

YO TENGO GOLF A LAS CINCO.

YO TENGO QUE LLAMAR A TODA SUECIA.

MUY BIEN. ENTENDIDO.

¿SÍ?

SIV LANTIN Y MONA THERNBLAD.

¿PERDÓN?

DESAPARECIERON EN UN INTERVALO DE QUINCE DÍAS EN 1979 Y NUNCA MÁS SE SUPO.

¿PATRIK?

TE QUIERO.

MIS PADRES ME PROHIBIERON SALIR SOLA DURANTE MESES DESPUÉS DE TODO ESTO.

SÍ, AHORA ME ACUERDO. NO SÉ CÓMO NO SE ME OCURRIÓ.

TE HE FOTOCOPIADO TODO LO QUE ENCONTRÉ EN LA BIBLIOTECA.

PERO PUEDO HACERTE UN RESUMEN.

SIV TENÍA 19 AÑOS. SE LA LLEVARON A PLENA LUZ DEL DÍA. A DOSCIENTOS METROS DE SU CASA.

MONA TENÍA 18 AÑOS.

LA ÚLTIMA VEZ QUE LA VIERON VOLVÍA EN BICICLETA DE LA FIESTA DE VERANO.

A MENOS QUE...

QUE ALGUIEN LA VIERA DESPUÉS. HUBO UN SOSPECHOSO, ¿NO?

POSTEN

SÍ. JOHANNES HULT. DENUNCIADO POR SU PROPIO HERMANO, GABRIEL HULT.

JOHANNES HULT

GABRIEL HULT

AH, SÍ... YA ME ACUERDO. LOS HIJOS DE «EL PREDICADOR».

Både son till den ökända predikanten Ephraim Hult, Johan
deltog också i receptionen. Det

GABRIEL FUE A LA POLICÍA PARA CONTAR QUE HABÍA VISTO A MONA EN EL COCHE DE JOHANNES LA NOCHE QUE DESAPARECIÓ.

HUBO UNA INVESTIGACIÓN. JOHANNES LO NEGÓ TODO, Y LA POLICÍA NO ENCONTRÓ PRUEBAS.

LA COSA NO FUE MÁS LEJOS PORQUE ACABÓ SUICIDÁNDOSE.

«...DEJA UN HIJO, JOHAN, DE CINCO AÑOS...»

MIRA, SE LLAMAN PRÁC- TICAMENTE IGUAL...

«...Y A SU ESPOSA SOLVEIG, REINA DE LA BELLEZA.»

ME ENCUENTRAS CAMBIADA, ¿VERDAD?

TE DOY ASCO, ¿VERDAD?

PERO NO HE CAMBIADO, LAINI

SIGO SIENDO LA MISMA POR DENTRO.

LA ÚNICA DIFERENCIA ENTRE NOSOTRAS ES QUE TÚ TE ARRIMASTE AL LADO BUENO DE LA FAMILIA. Y YO, AL MALO.

PARA TI, LA MANSIÓN. PARA MÍ, LA CHOZA DE GUARDA FORESTAL.

PARA TI, EL MÁRMOL. PARA MÍ, LA HERRUMBRE.

PERO NO LO OLVIDES, LAINI: TÚ Y YO SOMOS IGUALES.

SOLO NOS CASAMOS CON HERMANOS DISTINTOS.

BUENO. A VER QUÉ ME TRAES.

ESTÁ BIEN.

COMO SIEMPRE, UN PLACER TOMAR EL TÉ CONTIGO.

¿NOS VEMOS EL MES QUE VIENE?

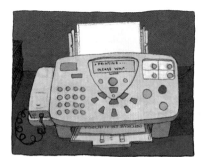
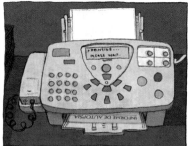
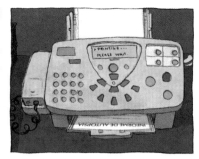

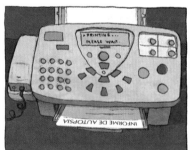
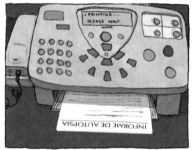

INFORME DE AUTOPSIA

INFORME DE AUTOPSIA

LAS FICHAS DENTALES COINCIDEN. LOS DOS ESQUELETOS SON LOS DE MONA THERNBLAD Y SIV LANTIN.

DE ACUERDO... AL MENOS, PODEMOS CONFIRMARLO. PERO ¿QUÉ RELACIÓN TIENEN CON EL NUEVO CADÁVER?

TOMA. AQUÍ HAY MÁS DETALLES.

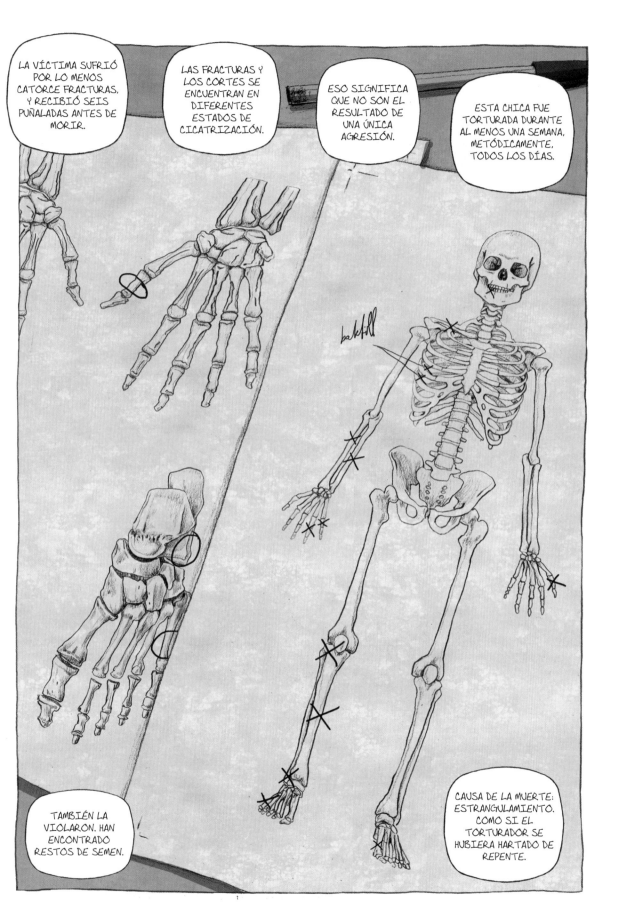

EL CUERPO HUMANO CONTIENE MÁS DE DOSCIENTOS HUESOS. Y RESULTA...

Y RESULTA QUE LOS OTROS DOS CADÁVERES TIENEN EXACTAMENTE LAS MISMAS FRACTURAS.

LA MISMA CANTIDAD, EN LOS MISMOS PUNTOS.

¿EL MISMO ASESINO?

¿UN ASESINO EN SERIE EN FJÄLLBACKA? PARECE REALMENTE IMPROBABLE.

ADEMÁS, ¿LLEVA VEINTE AÑOS SIN MATAR PARA VOLVER A HACERLO AHORA?

QUIZÁ NUNCA LO DEJÓ. TAL VEZ ESTABA EN EL EXTRANJERO.

O EN LA CÁRCEL. TENDRÍAS QUE INVESTIGAR SI ALGÚN PRESO CON UNA CONDENA LARGA HA SIDO PUESTO EN LIBERTAD RECIENTEMENTE.

YA ESTOY CON LO DE LA DESAPA-RECIDA.

YO VOY A BUSCAR INFORMACIÓN SOBRE JOHANNES HULT.

¿EL SOSPECHOSO DE ENTONCES? ¿EL MUERTO? ¡TE VAS A LO MÁS FÁCIL!

ESO LO DICES PORQUE NUNCA HAS BAJADO AL ARCHIVO.

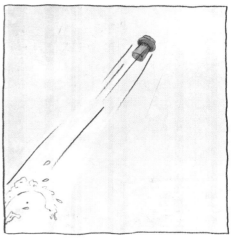

<¿PUEDE DESCRIBIRME A TANJA?>

<TIENE EL PELO ROSA, Y...>

<DE ACUERDO.>

<¿ES ELLA?>

<OH...>

A VER, SE PRESENTA UNA ALEMANA A ÚLTIMA HORA DE LA TARDE HECHA UN MANOJO DE NERVIOS...

CUENTA QUE ESTÁ DE ACAMPADA EN FJÄLLBACKA CON UNA AMIGA, TANJA, A LA QUE CONOCIÓ EN EL TREN. ESTÁN RECORRIENDO SUECIA. TANJA INSISTIÓ EN VENIR A FJÄLLBACKA PORQUE TENÍA ALGO QUE HACER AQUÍ.

¿EL QUÉ? NO QUISO CONTÁRSELO.

UN SECRETO, GÖSTA, LLAMA LA ATENCIÓN A UN POLI, POR LO GENERAL.

TANJA SE VA DEL CÁMPING. LE DICE A SU AMIGA QUE VOLVERÁ EN DOS O TRES HORAS. DEJA TODO SU EQUIPAJE EN LA TIENDA.

VEINTICUATRO HORAS MÁS TARDE, AÚN NO HA REGRESADO.

TE CUENTAN ESO, ¿Y TÚ QUÉ ES LO QUE HACES?

HAY MILES DE CASOS ASÍ EN VERANO. GENTE QUE SE DESPIERTA EN EL BOSQUE CON UNA RESACA DE MIL DEMONIOS. NO PRETENDERÁS QUE...

¿TRAMITASTE LA DENUNCIA? ¿HAY ALGO POR ESCRITO? ¡ENSÉÑAME EL INFORME!

ESTABA DESBORDADO. TENÍA MUCHAS COSAS EN LA CABEZA.

¿EL QUÉ? ¿QUÉ TENÍAS QUE HACER QUE FUERA TAN IMPORTANTE?

¡ESA CHICA SE HA ECHADO A MIS BRAZOS LLORANDO, GÖSTA!

¿QUÉ QUIERES QUE LE DIGA? ¿QUE LA POLICÍA ESTÁ EN EL CASO? ¿QUE PUEDE CONTAR CON NOSOTROS PARA PROTEGER AL CIUDADANO?

¿O QUE SU AMIGA FUE VIOLADA Y TORTURADA DURANTE UNA SEMANA, Y DESPUÉS ASESINADA, PORQUE TÚ TENÍAS RESERVADO UN PUTO RECORRIDO DE NUEVE HOYOS PARA PROBAR TUS PALOS NUEVOS?

¡UNA SEMANA, GÖSTA! ¡TUVIMOS UNA SEMANA PARA ENCONTRARLA ANTES DE QUE MURIERA!

Y CUANDO ENCONTRAMOS SU CUERPO, ¿NO ATASTE CABOS EN ESA CABECITA TUYA?

PUES BIEN, LO QUE VAS A HACER AHORA ES INTERROGAR A TODOS LOS CAMPISTAS, DEL PRIMERO AL ÚLTIMO. VAS A HACERME INFORMES DETALLADOS SOBRE CADA UNO.

¡MALDITA SEA, VAS A HACER TU TRABAJO!

¿QUÉ ESTÁ PASANDO AQUÍ? ¡TE HAN OÍDO GRITAR HASTA EN NORUEGA!

¡AY, LO SIENTO! ¿TE HE DESPERTADO DE LA SIESTA?

¡EH! NO TE PERMITO...

ACEPTO TU OFRECIMIENTO, GRACIAS. DOS NO BASTAMOS PARA INTERROGAR A LOS CAMPISTAS DE FJÄLLBACKA.

¿CÓMO? ¡YO TENGO COSAS QUE HACER!

¿COSAS? ¿PONER MULTAS DE APARCAMIENTO?

PERO TÚ ¿QUIÉN TE CREES QUE ERES? ¿Y DESDE CUÁNDO ERES EL RESPONSABLE DEL CASO?

DESDE QUE MELLBERG ME HIZO INTERRUMPIR MIS VACACIONES. PARA QUE LO SEPAS.

¿Y DÓNDE ESTÁ MELLBERG? QUE LE QUIERO DECIR UN PAR DE COSAS.

SI LO ENCUENTRAS, DÍMELO. ME ENCANTARÍA TENER NOTICIAS SUYAS.

VEN, GÖSTA. VAMOS A HACER DE POLICÍAS COMO DIOS MANDA.

¿QUÉ TAL LO HE HECHO?

NO HA ESTADO MAL. QUIZÁ TE HAS PASADO CON LO DE PATEAR LA PAPELERA.

SÍ, TAL VEZ.

AHORA QUE HEMOS IDENTIFICADO A LA CHICA, PUEDO INVESTIGAR SOBRE JOHANNES HULT EN EL ARCHIVO, SI QUIERES.

VOY A PEDÍRSELO A ERICA.

SERÁ MÁS EFICIENTE EN LA BIBLIOTECA QUE NOSOTROS ENTRE LAS CAJAS MOHOSAS DEL SÓTANO.

CONOCIÉNDOLA, YA DEBE DE HABER EMPEZADO SIN QUE YO SE LO PIDA.

A CAMBIO, ME GUSTARÍA QUE TE ENCARGARAS DE LOCALIZAR A LA FAMILIA DE TANJA SCHMIDT EN ALEMANIA.

YA SABÍA YO QUE IBAS A VOLVER A MANDARME AL TELÉFONO. LA PRERROGATIVA DEL JEFE.

LA PRERROGATIVA DEL JEFE ES ANUNCIAR A UNOS PADRES QUE HEMOS ENCONTRADO LOS RESTOS DE SUS HIJAS.

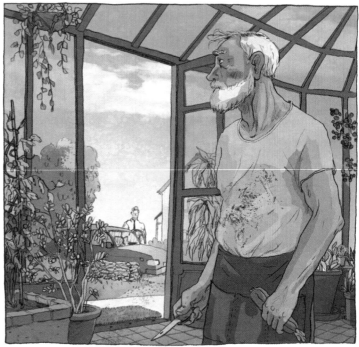
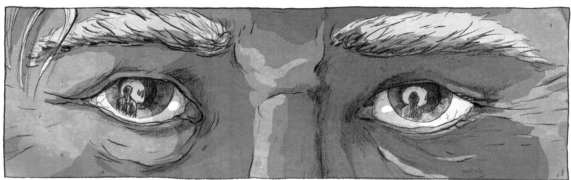

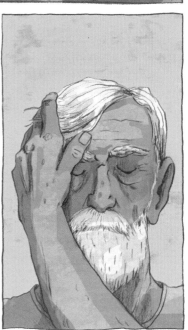

¿ALBERT THERNBLAD?

¿HAN ENCONTRADO A MONA?

SÍ.

VEINTI-CUATRO AÑOS DESPUÉS.

ESTÁ MUERTA, ¿VERDAD?

SÍ.

¿ASESINADA?

SÍ.

¿SABEN QUIÉN LA MATÓ?

AÚN NO.

CUANDO LE ENTREN GANAS DE TIRAR LA TOALLA, MIRE ESTA FOTO.

¿Y QUÉ VA A PASAR AHORA? ¿CUÁNDO PODREMOS RECUPERAR LOS RESTOS DE MI POBRE HIJITA?

CUANDO...

TENEMOS QUE ORGANIZARLE UN BONITO ENTIERRO.

UNA RECEPCIÓN DISCRETA EN EL HOTEL STORA. O MEJOR UNA CENA.

PODRÍAMOS INVITAR A NELLY LORENTZ. HACE MESES QUE TENEMOS QUE VERNOS...

EJEM.

¿PUEDEN HABLARME UN POCO DE SIV? ¿DE SUS AMIGOS?

¿SUS AMIGOS? SIEMPRE ELEGÍA A LO PEOR.

¡HASTA SE LAS APAÑÓ PARA DEJARSE PREÑAR A LOS DIECISIETE AÑOS POR UN ALEMÁN QUE ESTABA DE PASO!

Y DOS AÑOS MÁS TARDE, ¿QUÉ PASÓ? ¡QUE DESAPARECIÓ!

A DECIR VERDAD, SIEMPRE TUVE LA SOSPECHA DE QUE HIZO LAS MALETAS Y SE LARGÓ.

HASTA HOY, CLARO.

TUVO UNA HIJA, ¿NO ES ASÍ?

MATILDA.

UN MAL BICHO.

LA TUVE AQUÍ UNOS MESES Y LUEGO LA MANDÉ A ALEMANIA CON SU PADRE.

¿CREE QUE EL PADRE ME DIO LAS GRACIAS? ¿QUE ME COMPENSÓ POR HABERME OCUPADO DE SU HIJA DURANTE SUS PRIMEROS AÑOS?

¡QUE SE VAYA AL CUERNO! NUNCA RESPONDIÓ A MIS CARTAS.

ESPERE... ¿DICE QUE VIVE EN ALEMANIA?

AHORA ESTÁ ENTERRADA ALLÍ. MURIÓ A LOS CINCO AÑOS EN UN ACCIDENTE DE COCHE.

CÓMO ES EL DESTINO.

¿Y CREE QUE EL ALEMÁN SE MOLESTÓ EN LLAMARME?

¡CLARO QUE NO! ME MANDÓ UNA ESQUELA, QUE RECIBÍ DESPUÉS DEL ENTIERRO. ¡YO! ¡SU ABUELA! ME PARTIÓ EL CORAZÓN. SANGRE DE MI SANGRE, ENTERRADA EN EL EXTRANJERO...

¡HE VENIDO A DECIROS QUE DIOS NO OS HA ABANDONADO!

DIOS ESTÁ CON VOSOTROS. OS OBSERVA. PONE A PRUEBA VUESTRA FE. ¡SABE QUIÉNES SOIS!

¿NO ME CREÉIS? ¿DUDÁIS DE ÉL? ¡PUES ÉL NO DUDA DE VOSOTROS!

¡DIOS CREE EN SU REBAÑO COMO SU REBAÑO CREE EN ÉL!

¿ESTÁS PREPARADO, JOHANNES?

NO.

¡HA DECIDIDO MANDARNOS UNOS MENSAJEROS!

¿Y SI ESTABA EQUIVOCADO? ¿Y SI NO TENGO EL DON, GABRIEL?

LA PRIMERA VEZ SIEMPRE DA MIEDO. NO TE PREOCUPES.

¡MENSAJEROS QUE RECOMPENSARÁN A LOS MÁS FERVIENTES DE ENTRE NOSOTROS!

VAMOS, NOS TOCA...

¡AQUÍ ESTÁN!

SON NIÑOS, POR SUPUESTO. LA INOCENCIA. ¿CÓMO IBA A SER DE OTRA MANERA?

SEÑORA... ME HAN DICHO QUE HA PERDIDO LA VISTA.

¡SÍ!

PERO ¿HA PERDIDO LA FE?

NO.

¿HA PERDIDO LA FE?

¡NO!

¿¿¿HA PERDIDO LA FE???

¡NO! ¡CREO EN ÉL! ¡CREO EN DIOS TODOPODEROSO!

¡VENID, NIÑOS MÍOS! ¡VENID!

¡VENID A MEDIR LA FE DE ESTA PECADORA!

¡AH!

¡AAAH!
¡LA LUZ!
¡LA LUZ!

¿AQUÍ
QUIÉN
TIENE FE?

¿AQUÍIIII QUIÉN TIENE FE?

¡JA, JA, JA, JA, JA! ¿Y LA GENTE SE LO TRAGABA?

OYE, ¡QUE HIZO UN MONTÓN DE MILAGROS!

CIEGOS QUE VEN, PARALÍTICOS QUE ANDAN, ENFERMOS QUE SANAN...

NO, AHORA EN SERIO... ¿TÚ CREES EN ESO?

¿Y POR QUÉ LO DEJÓ? ¿DESDE CUÁNDO SE JUBILAN LOS PROFETAS?

NO DIGO QUE EXISTA UNA RELACIÓN, PERO...

JE, JE...

UNA VIUDA ANCIANA Y ENFERMA QUE PERTENECÍA A SU CONGREGACIÓN MURIÓ Y LE DEJÓ EN HERENCIA SU FORTUNA Y SU MANSIÓN.

HACER UN MILAGRITO PARA SALVAR A LA VIEJA O EMBOLSARSE SU HERENCIA... MENUDO DILEMA.

53

¿Y SI TANJA CONOCÍA A ALGUIEN ALLÍ?

¿TANJA?

TANJA SCHMIDT. ES LA IDENTIDAD DE LA NUEVA VÍCTIMA. ES ALEMANA. ESTOY INTENTANDO AVERIGUAR A DÓNDE SE DIRIGÍA CUANDO SE MARCHÓ DEL CÁMPING.

¿TENÍA EL PELO ROSA?

¿LA CONOCES?

EL DE LA BIBLIOTECA ME HA DICHO QUE UNA ALEMANA DE PELO ROSA ESTUVO CONSULTANDO LOS MISMOS ARCHIVOS QUE YO HACE POCO MÁS DE UNA SEMANA.

BUSCABA INFORMACIÓN SOBRE LA DESAPARICIÓN DE SIV Y MONA. Y SOBRE LA FAMILIA HULT.

BONITA COINCIDENCIA, ¿EH?

TÚ TAMBIÉN, JACOB. TIENES EL DON. LO SIENTO EN TI COMO LO VI EN TU PADRE Y EN TU TÍO.

ESTAS COSAS SE TRANSMITEN POR LA SANGRE. POR ALGO ERES MI NIETO.

TIENES EL DON DE LA VIDA. NO LO OLVIDES NUNCA.

¡JACOB! ¡NO TE LO VAS A CREER!

NO HAS LLAMADO A LA PUERTA.

¡ES QUE ES SUPERIMPOR-TANTE!

NO HAS LLAMADO A LA PUERTA.

¡TOC, TOC!

ENTRA.

TE RECUERDO QUE ERES MI HERMANO. NO MI PADRE, NI MI PROFESOR, NI... UN CARCELERO.

¡DEBERÍA PODER HABLARTE SIN HACERTE REVERENCIAS!

LINDA, ESTE ES MI DESPACHO. TODOS LOS JÓVENES QUE VIENEN A VERME OBEDECEN LAS MISMAS REGLAS. EN CASA ES DISTINTO.

NUESTRA CASA ESTÁ AL OTRO LADO DEL PATIO.

ES DISTINTO. ¿DE QUÉ QUERÍAS HABLARME?

¡ARRASTRASTE EL NOMBRE DE JOHANNES POR EL BARRO! ¡SU NOMBRE, EL MÍO, Y EL DE NUESTRO HIJO!

¡HACE VEINTICUATRO AÑOS QUE SOY «LA VIUDA DEL ASESINO»! ¡QUE LA GENTE HABLA A MIS ESPALDAS! ¡QUE JOHAN LLEVA EL NOMBRE DE UN ASESINO!

¡SIEMPRE ESTUVISTE CELOSO DE JOHANNES!

¡DE SU LIBERTAD, DE SU REBELDÍA!

¡TU HERMANO ERA MUCHÍSIMO MÁS VITAL QUE TÚ!

¿POR QUÉ CREES QUE LO ELEGÍ A ÉL?

¡PORQUE CONTIGO ME MORÍA DE ABURRIMIENTO!

¡TODO EL MUNDO LO QUERÍA, Y TÚ LO DESTRUISTE!

¡SE SUICIDÓ POR TU CULPA!

PERO HOY LA VERGÜENZA HA CAMBIADO DE BANDO. TE DESEO UN FINAL FELIZ, GILIPOLLAS.

YO TENDRÍA QUE ESTAR VIVIENDO AQUÍ. MI PADRE ERA EL PRIMOGÉNITO. ÉL DEBERÍA HABER HEREDADO LA MANSIÓN CUANDO MURIÓ EPHRAIM.

PERO SE SUICIDÓ. Y FUE TU PADRE EL QUE HEREDÓ. Y FUISTE TÚ LA QUE CRECIÓ AQUÍ.

A MI MADRE SOLO LE QUEDARON LAS MIGAJAS.

YA, PERO YO YA NO VIVO AQUÍ. TE RECUERDO QUE ME AGOBIABA TANTO QUE PREFERÍ IRME A VIVIR CON EL ESTIRADO DE MI HERMANO. YA VES.

DESCUBRIR QUE MI PADRE ERA INOCENTE... QUE MURIÓ POR NADA...

¿QUÉ VAS A HACER CON ESOS LADRILLOS?

LE VOY A DAR UNA LECCIÓN AL CHIVATO DE TU PADRE.

¡ESPERA! ¡NO, JOHAN, ESPERA!

¡SUÉLTAME!

AAAAH!

PERO ¡TÚ ESTÁS TARADO!

¡JA, JA, JA, JA, JA!

¡JODER! ¿A TI QUÉ TE PASA? ¡PODRÍAS HABERLES HECHO DAÑO DE VERDAD!

¿DAÑO DE VERDAD?

¿DAÑO DE VERDAD, LINDA?

¿QUE GABRIEL EMPUJARA A MI PADRE AL SUICIDIO ES PARA TI DAÑO DE VERDAD?

¿TU PADRE? ¿ESE PERDEDOR QUE SE PULÍA TODA LA PASTA EN LAS MESAS DE LOS CASINOS?

¡HUBIERA MALGASTADO SU HERENCIA Y HUBIERA ACABADO MATÁNDOSE DE TODAS FORMAS!

¡A MI PADRE TÚ NO LO LLAMAS PERDEDOR!

DÉJAME EN PAZ, PERDEDOR.

OH, ESTOY SEGURA DE QUE HA SIDO JOHAN.

LAINI, NO SABES NADA...

¿QUIÉN SI NO, GABRIEL? ESE GRANUJA SIEMPRE NOS HA TENIDO CELOS. ¡Y AHORA QUE RESULTA QUE SU PADRE ES INOCENTE NO SE VAN A ARREGLAR LAS COSAS!

BIEN. HABLARÉ CON ÉL. LO NEGARÁ TODO, PERO IRÉ IGUALMENTE.

DE TODOS MODOS, QUIERO HABLAR CON USTED, SEÑOR HULT.

¿ES POR LO QUE DECLARÉ ENTONCES? ME TEMÍA QUE LA POLICÍA VENDRÍA A VERME. OTRA VEZ.

¿QUÉ PUEDO DECIRLE QUE NO SEPA YA? DIJE QUE VI A JOHANNES CON ESA CHICA EN SU COCHE. NUNCA LE ACUSÉ DE HABERLA MATADO, PERO TODO EL MUNDO SACÓ SUS PROPIAS CONCLUSIONES.

AUNQUE... ES POSIBLE QUE ME EQUIVOCARA. NO LO SÉ. HACE VEINTICUATRO AÑOS QUE VIVO CON LA DUDA.

¿QUÉ TAL SE LLEVABA CON SU HERMANO?

ÉRAMOS MUY DIFERENTES.

ÉL ERA UN JOVEN MUY INESTABLE. NO LE ENCONTRABA SENTIDO A LA VIDA.

TUVIMOS UNA INFANCIA BASTANTE PECULIAR, COMO YA SABRÁ.

SÍ. SU PADRE LES HACÍA SANAR A LA GENTE CON LA IMPOSICIÓN DE MANOS, ¿NO ES ASÍ?

YO NO ESTABA MUY A GUSTO CON ESE..., ESE DON, PERO JOHANNES... ENTRABA EN TRANCE.

SE QUEDÓ DESTROZADO CUANDO AQUELLO SE ACABÓ. PARA MÍ FUE UN ALIVIO. PERO PARA ÉL...

CREO QUE NUNCA LO ACEPTÓ DEL TODO.

¿POR QUÉ SE ACABÓ?

¿EL PODER DE CURACIÓN? LA PUBERTAD. AL MENOS ESO FUE LO QUE NOS DIJO EPHRAIM.

PERO... ¿USTED CREE EN ESE DON?

¿CREÍA ENTONCES?

¿OTRA VEZ TU PRIMO?

SÍ.

JODER, ¡QUÉ PESADO!

SÍ.

¡JOHAN! ¡TIENES VISITA!

YA LE HE DICHO AL INSPECTOR QUE NO SALISTE DE CASA EN TODA LA NOCHE.

NO SOLO HE VENIDO POR ESO... QUISIERA HACERLES UNAS PREGUNTAS SOBRE JOHANNES. A LOS DOS.

¡VAYA, VAYA! AHORA QUE ES INOCENTE, A LA POLICÍA LE INTERESA NUESTRA VERSIÓN.

ENSEGUIDA COMPRENDÍ QUE AQUELLO NO ERA UN JUEGO. PERO TARDÉ MUCHO EN ENTENDER QUE ÉL ESTABA... QUE SE HABÍA AHORCADO.

AUN VIENDO LA CUERDA ALREDEDOR DE SU CUELLO, YO NO... COMO ESTABA TIRADO EN EL SUELO, NO ERA EVIDENTE, ¿SABE?

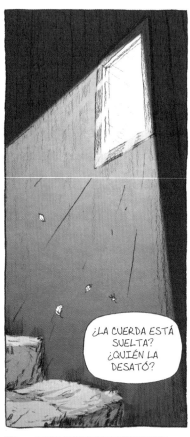

¿LA CUERDA ESTÁ SUELTA? ¿QUIÉN LA DESATÓ?

NO, NO ESTABA DESATADA. SE ROMPIÓ. QUEDÓ UN TROZO COLGANDO DEL TECHO.

ENTONCES LLAMÉ A MI MADRE. Y DESPUÉS... YA NO ME ACUERDO BIEN.

TENÍA CINCO AÑOS, ¿SABE?

HACE MUCHO.

LLAMÉ A EPHRAIM. VINO CON EL DOCTOR HAMMARSTRÖM. ELLOS SE OCUPARON DE TODO.

¿Y LA POLICÍA? ¿NADIE LLAMÓ A LA POLICÍA?

¿PARA QUÉ? EL DOCTOR CERTIFICÓ LA MUERTE. LOS DE LA FUNERARIA SE LLEVARON EL CADÁVER. FIN DE LA HISTORIA.

Y ESE DOCTOR HAMMARSTRÖM... ¿SABE DÓNDE PUEDO ENCONTRARLO?

EN EL CEMENTERIO. CÁNCER DE CULO.

OIGA, Y... LO DE LOS LADRILLOS EN CASA DE MIS TÍOS... NO HE SIDO YO.

YA LO SÉ. TU MADRE ME HA DICHO QUE ANOCHE NO TE MOVISTE DE AQUÍ.

YO LO DECÍA POR SI ACASO.

¡AAAGH! ¡SUÉLTAME, CHUCHO!

¡EH!

¡POLICÍA! ¿NO SABE QUE TIENE QUE TENER AL PERRO ATADO?

PERDÓN. SE HA ESCAPADO. AHORA LO ATO.

ESTOY HASTA EL GORRO DE ESTOS GAÑANES. TE ESPERO EN EL COCHE.

PERDONE... ¿ES USTED DE LA POLICÍA?

SÍ.

?!

GUTEN TAG...
DO YOU SPEAK
ENGLISH?

<¡QUÉ BIEN! QUIERO
HABLAR CON EL SEÑOR
PETER SCHMIDT.>

<¿ES USTED? ¿ES USTED EL
PADRE DE TANJA SCHMIDT?>

<SOY EL INSPECTOR MARTIN
MOLIN, DE LA POLICÍA DE
TANUMSHEDE, EN SUECIA.>

<DE LA
POLICÍA,
SÍ.>

<YO...
BUENO...
YO...>

<LAMENTO MUCHO
INFORMARLE DE QUE SU
HIJA HA FALLECIDO.>

<SÍ. LO
SIENTO
MUCHO.>

<LO SIENTO
MUCHÍSIMO.>

HE HABLADO CON EL PADRE DE TANJA SCHMIDT.

AH. ¿QUIERES DESCANSAR UN POCO?

TANJA ERA LA HIJA DE SIV LANTIN.

¿QUÉ?

SU PADRE ESTABA HARTO DE QUE LA ABUELA LO ACOSARA PARA PEDIRLE DINERO. LE HIZO CREER QUE LA NIÑA ESTABA MUERTA Y LE PUSO SU APELLIDO.

PERO... SE LLAMABA MATILDA. ¿TAMBIÉN SE CAMBIÓ EL NOMBRE?

HACE DOS AÑOS, SU PADRE LE HABLÓ DE LA DESAPARICIÓN DE SU MADRE.

IMAGÍNATE EL DISGUSTO. NO HABÍA TENIDO NI UNA SOLA CRISIS DE ADOLESCENTE, Y DE REPENTE DIO UN CAMBIO RADICAL. HASTA SE CAMBIÓ EL NOMBRE.

CUANDO SE CALMÓ UN POCO, DECIDIÓ VENIR AQUÍ PARA INVESTIGAR SOBRE SU MADRE.

SE LLAMA JENNY MÖLLER. TIENE 17 AÑOS. MIDE 1,62 M Y PESA 50 KILOS. LLEVABA UN VESTIDO AMARILLO SIN MANGAS Y ZAPATILLAS BLANCAS, ADEMÁS DE UN BOLSO DE NAILON AZUL CON ESTAMPADO DE FLORES.

DESAPARECIÓ ANOCHE ENTRE LAS 18.15 Y LAS 19 HORAS, CUANDO HACÍA AUTOESTOP ENTRE FJÄLLBACKA Y GREBBESTAD.

NO CREEMOS QUE SE TRATE DE UNA FUGA.

ROGAMOS A CUALQUIER PERSONA QUE TENGA INFORMACIÓN SOBRE ESTA CHICA, QUE LA HAYA VISTO O HAYA HABLADO CON ELLA, QUE SE PONGA EN CONTACTO CON LA COMISARÍA DE TANUMSHEDE.

¿HAY ALGUNA RELACIÓN CON EL ASESINATO DE TANJA SCHMIDT?

EN ESTOS MOMENTOS NO LO SABEMOS.

¿HAN DESCUBIERTO LA RELACIÓN ENTRE EL ASESINATO DE TANJA SCHMIDT Y LOS ESQUELETOS DE SIV LANTIN Y MONA THERNBLAD?

ESTA PREGUNTA NO ES PERTINENTE. AHORA NUESTRA PRIORIDAD ES ENCONTRAR A JENNY MÖLLER.

¿DEBERÍAN PREOCUPARSE LOS CIUDADANOS? ¿SON SEGURAS LAS CALLES DE FJÄLLBACKA?

NO HAY NADA QUE INDIQUE UNA RELACIÓN ENTRE LA DESAPARICIÓN DE SIV LANTIN Y DE MONA THERNBLAD. NO HAY MOTIVOS PARA PREOCUPARSE...

¿SON SEGURAS LAS CALLES DE FJÄLLBACKA? ¿DEBERÍAN PREOCUPARSE LOS TURISTAS?

NO HAY MOTIVOS PARA PREOCUPARSE. SIN EMBARGO, POR PRECAUCIÓN, RECOMENDAMOS A LOS VECINOS QUE NO SALGAN SOLOS Y...

LLEVABA LA CORBATA TORCIDA...

NADIE SE HA DADO CUENTA. LO HAS HECHO MUY BIEN. DE VERDAD.

Y HE DICHO QUE JENNY ERA NUESTRA PRIORIDAD. COMO SI NO NOS PREOCUPÁRAMOS POR LAS OTRAS CHICAS FALLECIDAS.

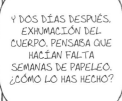

Y DOS DÍAS DESPUÉS, EXHUMACIÓN DEL CUERPO. PENSABA QUE HACÍAN FALTA SEMANAS DE PAPELEO. ¿CÓMO LO HAS HECHO?

MELLBERG ESTÁ TAN DISTRAÍDO QUE ME HA FIRMADO LA ORDEN SIN MIRARLA. Y ALGUNOS AMIGOS QUE ME DEBÍAN UN FAVOR.

¿Y LA FAMILIA NO HA DICHO NADA?

NO ESTÁN AL CORRIENTE.

¡MALNACIDOS!

PESA TANTO QUE EL ATAÚD EMPIEZA A CEDER. SU HIJO INTENTA APARTARLA. ELLA SE DEFIENDE. MARTIN TAMBIÉN VA. SE LLEVA UNA PATADA EN TODA LA CARA Y CAE AL SUELO...

EL ATAÚD REVIENTA, LITERALMENTE, BAJO SU PESO. LOS RESTOS DEL CADÁVER RUEDAN POR LA ARENA. ATAQUE DE NERVIOS GENERAL. UN POLI SE ME DESMAYA... QUÉ HORROR.

¡Jajajajajaja!

¡EH! ¡HA SIDO UNA EXPERIENCIA EXTREMADAMENTE TRAUMÁTICA!

¿DE QUÉ OS REÍS?

DE NADA. COSAS DE MAYORES.

MENUDA NOVEDAD.

¿QUÉ SIGNIFICA «TRAUMÁTICO»?

SIGNIFICA «GRACIOSO», PERO SOLO PARA LOS MAYORES.

¿Y SI A MÍ TAMBIÉN ME PARECE GRACIOSO?

LO DUDO.

¿CÓMO LO SABES?

¿SIEMPRE HACE TANTAS PEGUNTAS?

PUES NO LA CONOCISTE EN LA ÉPOCA DE LOS PORQUÉS.

LOS NIÑOS SERÍAN UNOS POLICÍAS EXCELENTES.

YO VOY A SER VETERINARIA-COCINERA-ACRÓBATA.

¿AH, SÍ? Y...

ES TAN ADORABLE...

QUÉ VA, ¡EN ABSOLUTO! SE HACE LA DULCE, NADA MÁS. LA VERDADERA SARA ES HIPERACTIVA, CAPRICHOSA, INSOLENTE, DESOBEDIENTE...

PREPARAOS: LOS NIÑOS SON DE TODO MENOS ADORABLES... AUN ASÍ, LOS ADORAMOS. ES UNO DE LOS MISTERIOS DE LA VIDA.

BUENO, Y AL FINAL ¿QUIÉN HABÍA EN EL ATAÚD?

AÚN NO SABEMOS NADA. HAY QUE ANALIZAR EL ADN. PERO YA ME ESTOY ARREPINTIENDO. SERÁ ÉL Y QUEDARÉ EN RIDÍCULO.

¡PERO GUÁRDAME EL SECRETO, CHARLOTTE! ¡NO PUEDO HABLAR DE UNA INVESTIGACIÓN EN CURSO CON UN CIVIL!

DA LO MISMO, HEMOS VENIDO A RELAJARNOS. NOSOTRAS, PARA OLVIDAR LO MUCHO QUE NOS PESAN LAS PIERNAS...

...Y TÚ, PARA OLVIDARTE DE ESTAS COSAS TAN SÓRDIDAS.

A TI NUNCA TE PASARÁ NADA, ¿ME OYES?

¡PUES YO ESPERO QUE SÍ, LA VERDAD! ¡SI NO, SERÁ MUY ABURRIDO!

¿PERO ESTAMOS DE VACACIONES O QUÉ? ¿QUÉ SE HABRÁ CREÍDO?

NO HE RENUNCIADO A BUSCAR UN TRABAJO DE VERANO PARA CURRAR GRATIS PARA MI HERMANO.

¿HOLA?

¿HOLA?

PUEBLUCHO DE MIERDA.

LINDA.

¿QUÉ HACES AQUÍ?

TENGO QUE HABLAR CONTIGO.

¿ASÍ QUE AHORA ME ESPÍAS?

NO, YO SOLO QUIERO...

¿POR ESO TE HAS ESCONDIDO DETRÁS DE UN ÁRBOL?

LINDA, SIENTO LO DE LOS LADRILLOS.

ME IMPORTAN UNA MIERDA LOS LADRILLOS. NO QUIERO VERTE MÁS, Y YA ESTÁ.

DESENTERRA-RON A MI PADRE.

¿Y QUÉ QUIERES? ¿QUE TE CONSUELE?

ARRE, CABA-LLITO...

LE ROMPIERON LA MANDÍBULA DE UN GOLPE. Y TAMBIÉN LA SEGUNDA VÉRTEBRA CERVICAL, DE UNA CAÍDA U OTRO GOLPE. ESA ES LA CAUSA DE LA MUERTE.

ENTONCES, ¡NO SOY DEL TODO IMBÉCIL! SABÍA QUE ALGO NO CUADRABA EN ESTE ASUNTO.

YO NUNCA HE DICHO QUE NO FUERAS IMBÉCIL, SOLO QUE...

BIEN. AHORA LA PREGUNTA ES: ¿QUIÉN DISFRAZÓ EL ASESINATO DE SUICIDIO?

¿ALGÚN FAMILIAR? ME DIJISTE QUE NO LLAMARON A LA POLICÍA.

EXACTO. Y SI LO MATÓ ALGUIEN DE SU FAMILIA, TAL VEZ FUERA PORQUE SABÍA DEMASIADO...

BIP BIP

QUIERO QUE SIGAS CON EL ANÁLISIS DE ADN. COTÉJALO CON EL SEMEN QUE ENCONTRASTE EN EL CADÁVER DE TANJA SCHMIDT. A VER SI HAY UN VÍNCULO FAMILIAR.

BUENO, TE DEJO. ME ESTÁ ENTRANDO OTRA LLAMADA.

¿DIGA?

SOY GÖSTA. ESTAMOS DONDE EL DISTRIBUIDOR DEL ABONO.

NOS HA DICHO QUE ESE ABONO SE PROHIBIÓ EN 1982 PORQUE ERA MUY CONTAMINANTE. PERMANECÍA EN LA TIERRA DURANTE AÑOS.

ESO EXPLICA QUE LO HALLÁRAMOS EN LOS ESQUELETOS VEINTICUATRO AÑOS DESPUÉS...

LO MÁS INTERESANTE ES QUE TUVIERON UN SOLO CLIENTE EN ESTA ZONA: UNA GRANJA PROPIEDAD DE EPHRAIM HULT.

¿LA GRANJA? ESO...

BIP BIP

ESPERA, TENGO OTRA LLAMADA. ENSEGUIDA ESTOY CONTIGO.

¿DIGA?

ACABA DE LLAMAR JOHAN HULT. DICE QUE VIO A TANJA SCHMIDT EL DÍA QUE DESAPARECIÓ. ESTÁ SEGURO, POR EL PELO ROSA.

¿Y DÓNDE LA VIO?

EN CASA DE JACOB HULT. EN LA GRANJA.

PERO ¿POR QUÉ NO VAMOS YA A ENCHIRONAR A JACOB?

NO TENEMOS NADA CONCRETO EN SU CONTRA.

¿QUÉ? PERO...

TENEMOS EL TESTIMONIO DE JOHAN, PERO PODRÍA HABERLO DICHO PARA PERJUDICAR A LA FAMILIA DE SU TÍO... LINDA TENDRÍA QUE CORROBORARLO, Y ESO ES SOLO EL PRINCIPIO.

Y LUEGO ESTÁ LO DEL ABONO. CON EL TIEMPO QUE HACE QUE ESTÁ EN LA TIERRA, PODRÍA HABER IDO A PARAR A CUALQUIER SITIO.

ESTO ME ESTÁ VOLVIENDO LOCO.

PIENSO IGUAL QUE TÚ, MARTIN. PRESIENTO QUE ES ÉL. PERO ESO NO BASTA.

SI ES ÉL Y LO ACUSAMOS SIN UNA PRUEBA SÓLIDA, SE LARGARÁ BIEN LEJOS Y QUIZÁ NUNCA ENCONTREMOS A JENNY MÖLLER

POR ESO LLEVAMOS DOS HORAS MIRANDO ESTE PUTO TELÉFONO.

¡YA ESTÁ!

¡SÍ, DIME!

POSITIVO. EL EYACULADOR PRECOZ ES DE LA MISMA FAMILIA QUE EL CADÁVER EXHUMADO. EN UNAS HORAS PODRÉ DECIRTE SI ES UN HIJO, UN PRIMO O UN HERMANO...

...PERO EN CUALQUIER CASO, YA PUEDES IR SACANDO SANGRE A TODOS LOS HOMBRES DE LA FAMILIA HULT. ES UNO DE ELLOS.

DE ACUERDO, GRACIAS... SOLO ME FALTA LA AUTORIZACIÓN DEL FISCAL TE TENDRÉ AL CORRIENTE.

COMO DICEN EN LAS NOVELAS: SE ESTRECHA EL CERCO.

YES!

¿ES ESO CIERTO, LINDA? ¿TE VES CON JOHAN?

¿Y? ¡ME VEO CON QUIEN ME DA LA GANA!

¡SERÁ POSIBLE! ¿SABES LO QUE NOS HA HECHO?

LAINI, POR FAVOR. ESO YA LO RESOLVERÉIS MÁS TARDE.

LO QUE QUIERO, LINDA, ES QUE ME DIGAS LO QUE JOHAN Y TÚ VISTEIS EN LA GRANJA. ¿POR QUÉ CREES QUE NOS LLAMÓ?

¿JOHAN ESTABA EN LA GRANJA?

LAINI, TE LO DIGO COMO AMIGO, Y COMO POLICÍA: AHORA NO ES EL MOMENTO DE RESOLVER VEINTICINCO AÑOS DE RENCILLAS FAMILIARES. LO MÁS IMPORTANTE ES...

SUPONGO QUE OS DIJO QUE HABÍAMOS VISTO A LA CHICA ALEMANA.

¿QUÉ?

¿QUÉ?

¿ESTÁN CONSTRUYENDO UN BARCO?

PREFIERO LLAMARLO UN ARCA. ESTO ES UN LAGO, ASÍ QUE NO PUEDE IR A NINGUNA PARTE. PERO A LOS CHAVALES LES SERVIRÁ PARA CRECER.

LOS CHICOS QUE VIVEN AQUÍ HAN PERDIDO EL NORTE. UNAS VECES SON LOS JUECES QUIENES NOS LOS ENVÍAN. OTRAS, PADRES PREOCUPADOS COMO USTEDES.

AQUÍ LES DAMOS UN OBJETIVO. DESCUBREN QUE PUEDEN SER ÚTILES. CONSTRUIR COSAS JUNTOS.

SE ABREN A LA VIDA, A LA FRATERNIDAD... Y, A VECES, ENCUENTRAN A DIOS.

TODO EL MUNDO PUEDE SANAR, ¿SABEN?

PERO AQUÍ NUESTRO HIJO SE JUNTARÁ CON OTROS DELINCUENTES.

SE JUNTARÁ CON OTROS ADOLESCENTES QUE QUIEREN SALIR DE SU SITUACIÓN. ES MUY DISTINTO. PERO PUEDEN LLEVÁRSELO CUANDO QUIERAN SI NO ESTÁN CONVENCIDOS.

PASEMOS A MI DESPACHO. LES ENSEÑARÉ LO QUE TIENEN QUE FIRMAR.

¿QUÉ...?

¿JACOB HULT? TENEMOS UNA ORDEN DE REGISTRO.

Y QUEREMOS HACERLE ALGUNAS PREGUNTAS. ¿ME ACOMPAÑA A LA COMISARÍA?

¿SEÑOR HULT?

PERO... ¡NO ENTIENDO NADA!

¿OS ESTÁIS QUEDANDO CONMIGO? ¡NI EN BROMA OS DEJARÉ SACARLE SANGRE A MI HIJO!

NO PASA NADA, MAMÁ. ESTÁ BIEN...

¡SEGURO QUE ESTO ES ILEGAL! ¡VOY A LLAMAR A MI ABOGADO! ¡ESTO NO QUEDARÁ ASÍ!

¿SABE POR QUÉ LE TOMAMOS ESTA MUESTRA?

PARA COMPARARLA CON EL ADN HALLADO EN EL CUERPO DE TANJA SCHMIDT.

Y, PARA SERLE SINCERO, CREO QUE EL SUYO VA A COINCIDIR.

¡ES ABSURDO! ¿POR QUÉ?

POR ENÉSIMA VEZ: NO, NUNCA VI A TANJA SCHMIDT NI A NINGUNA CHICA CON EL PELO ROSA.

ENTONCES, ¿CÓMO EXPLICA QUE SU HERMANA Y SU PRIMO AFIRMEN HABERLA VISTO EN LA GRANJA?

YO NO DIGO QUE NO ESTUVIERA, PERO YO NO LA VI. PUDO HABER VENIDO POR CUALQUIER COSA. ALLÍ HAY DECENAS DE DELINCUENTES EN PROCESO DE REINSERCIÓN.

¿Y POR QUÉ NO ME LO CREO?

NO LO SÉ. ES EVIDENTE QUE NO CREER A LA GENTE FORMA PARTE DE SU TRABAJO. EL MÍO ES CREER EN LA GENTE. A CADA UNO LO SUYO.

SIÉNTESE. QUIERO VOLVER A PREGUNTARLE POR EL ABONO.

YA SE LO HE DICHO: CUANDO MI PADRE RECIBIÓ LA HERENCIA DE EPHRAIM, VENDIÓ TODO EL MATERIAL AGRÍCOLA A GRANJEROS DE POR AQUÍ. HABÍA CIENTOS DE KILOS DE ABONO.

DEBE DE HABER RESTOS EN TREINTA KILÓMETROS A LA REDONDA. ¡COMPRUÉBELO!

ESO LE RESULTA MUY CONVENIENTE, ¿VERDAD?

ES ALGO QUE NI ME VA NI ME VIENE.

¿SABE QUE MENTIR EMPEORARÁ SUS CIRCUNSTANCIAS EN UN JUICIO?

NO TEMO A LA JUSTICIA DE LOS HOMBRES. ES A DIOS A QUIEN DEBO RENDIR CUENTAS, Y NO HE HECHO NADA QUE ÉL DESAPRUEBE.

SABRÁ USTED QUE ES UN JUEZ MUCHO MÁS IMPLACABLE QUE SUS MAGISTRADOS...

BUENO. VAMOS A LLEVARLE A LA CELDA. ESTA NOCHE DORMIRÁ AQUÍ. QUIZÁ DIOS LE DÉ ALGÚN CONSEJO.

NO HEMOS ENCONTRADO NADA. HEMOS REGISTRADO TODOS LOS RINCONES. LAS CABALLERIZAS, LOS GRANEROS, EL SÓTANO... NADA.

EN CUANTO AL TERRENO... SON QUINCE HECTÁREAS DE PRADOS, BOSQUE Y LAGOS. NO CONTAMOS CON TANTOS EFECTIVOS.

¿SIGUES PENSANDO QUE ES ÉL?

NO LO SÉ. TODO APUNTA A QUE SÍ, PERO... PARECE REALMENTE SINCERO. NO COMPRENDE POR QUÉ ES SOSPECHOSO.

Y LA IDEA DE LA CÁRCEL NO LE ASUSTA. ESTÁ SEGURO DE QUE SALDRÁ DE ESTA.

ESO, O LE IMPORTA UN BLEDO.

HE ENCONTRADO INFORMES MÉDICOS ENTRE SUS DOCUMENTOS. TIENE UN CÁNCER INOPERABLE EN EL CEREBRO. ESTÁ CONDENADO SÍ O SÍ.

LA JUSTICIA DE DIOS... NO HABLA DE OTRA COSA. AHORA ENTIENDO POR QUÉ.

SEÑORA MÖLLER,
VENGO A VER CÓMO
ESTÁN.

AY, ¡PASE, PASE! SIÉNTESE.
ESTABA PREPARANDO
ACHICORIA, ¿QUIERE?

HOLA,
INSPECTOR. ¡QUÉ
SORPRESA!

¡PARECE
AGOTADO!
¿UN DÍA DURO?

¿YO?

CLARO. A ESTAS HORAS, DEBERÍA ESTAR YA EN CASA.

SON USTEDES MUY VALIENTES. LOS DOS.

ES MI MUJER. NUNCA SE VIENE ABAJO.

SÍ...

UH, UH...

SNIF.

¿CREE QUE JENNY...? ¿QUE AÚN ESTÁ VIVA? ¿VAN A ENCONTRARLA?

CREO QUE SÍ.

NO SÉ POR QUÉ LES HE DICHO ESO.

PORQUE ES LA VERDAD, PATRIK. AÚN LO CREES.

EL HOMBRE AL QUE HEMOS ARRESTADO... INTUYO QUE NO HABLARÁ NUNCA.

ESTOY SEGURO DE QUE ES ÉL, Y UN MINUTO DESPUÉS ESTOY SEGURO DE LO CONTRARIO.

PENSARÁS QUE ESTOY LOCO, PERO A VECES ME DIGO QUE SI REALMENTE ES ÉL, DEBERÍAMOS HABERLO SOLTADO.

PORQUE SI NO, JENNY ESTARÁ SOLA. AHORA NO HAY NADIE QUE SE OCUPE DE ELLA.

ESA CHICA SOLO TIENE A UNA PERSONA EN LA VIDA... SU TORTURADOR.

NO CREO QUE ESTÉS LOCO.

NO SÉ QUÉ HACER, ERICA.

SOLO SOY UN POLI DE UN PUEBLO DE SUECIA. ME OCUPO DE RIÑAS ENTRE VECINOS, ROBOS CON ALLANAMIENTO Y PELEAS DE BORRACHOS.

NO ESTOY PREPARADO PARA UN CASO COMO ESTE.

LO ESTÁS HACIENDO MUY BIEN. LA INVESTIGACIÓN AVANZA, TIENES UN SOSPECHOSO...

NO TENGO NADA DE NADA. SUPOSICIONES, Y YA ESTÁ. ESA CHICA LLEVA UNA SEMANA DESAPARECIDA.

PARA SER SINCEROS, NI SIQUIERA TENGO MOTIVOS PARA PENSAR QUE SIGUE VIVA.

YO...

SHHH...

TENGO UNA NOTICIA BUENA Y OTRA MALA.

LA MALA ES QUE EL ADN DEL TÍO QUE TENÉIS EN CHIRONA NO SE CORRESPONDE CON EL QUE ENCONTRAMOS EN EL CUERPO DE TANJA SCHMIDT.

MIERDA... ¿ESTÁS SEGURO AL CIEN POR CIEN?

SÍ. NI SU ADN, NI EL DE GABRIEL HULT, NI EL DE JACOB SE CORRESPONDEN.

HAY OTRO HULT QUE ANDA SUELTO. Y PUEDO AFIRMAR QUE ESE HULT ES EL HIJO DE TU FIAMBRE.

¿UN HIJO SECRETO DE JOHANNES? PODRÍA SER CUALQUIERA.

¿Y CUÁL ES LA BUENA NOTICIA?

AH, NO, ESO ERA TODO. PARA LOS SOSPECHOSOS LA BUENA NOTICIA ES QUE SON INOCENTES, ¿NO?

SÍ, ESO ME ALEGRA EL CORAZÓN.

OTRA COSA QUE NO SÉ SI ES IMPORTANTE: JACOB HULT NO ES HIJO DE GABRIEL.

¿AH, NO? ¿Y SABEMOS QUIÉN ES SU PADRE?

NO. NECESITARÍAMOS UNA MUESTRA DEL PADRE. SEGUIMOS BUSCANDO, POR SI ACASO.

A VER, RESUMIENDO: MI SOSPECHOSO ES INOCENTE, Y NO TENEMOS NI IDEA DE QUIÉN ES EL CULPABLE. ES COMO VOLVER A EMPEZAR DE CERO.

ÁNIMO, TÍO. FUERZA Y HONOR. TE LLAMARÉ EN CUANTO TENGA NOVEDADES.

DEJAREMOS A JACOB EN LIBERTAD. SE LEVANTAN TODOS LOS CARGOS CONTRA ÉL.

POR SUPUESTO. ¿CÓMO PUDIERON CREERLE CULPABLE?

NO NOS GUIAMOS POR LAS APARIENCIAS. TODO EL MUNDO GUARDA SECRETOS.

USTED DEBE DE SABERLO MUY BIEN.

¿QUÉ QUIERE DECIR?

¿JACOB SABE QUIÉN ES SU PADRE?

¿QUÉ? ¿DE QUÉ ME HABLA? YO...

UN DÍA LE DIRÉ LA VERDAD, PERO TENGO QUE ARMARME DE VALOR.

PUEDE QUE AHORA SEA EL MOMENTO. CON LO DE SU ENFERMEDAD...

¿SU ENFERMEDAD? ¿QUÉ ENFERMEDAD?

CREO QUE DEBERÍAN HABLAR.

TENEMOS LOS RESULTADOS DEL ANÁLISIS DE ADN.

QUEDA USTED LIBRE.

YA LE DIJE QUE EL SEÑOR ESTABA CONMIGO.

SÍ, YA ME LO DIJO.

SU MADRE HA VENIDO A RECOGERLO. AHORA ESTÁ AL TELÉFONO. PUEDE ESPERARLA AQUÍ.

¿QUÉ ES TODO ESTO? ¿POR QUÉ NOS HAS LLAMADO? ¿CELEBRAMOS LA SALIDA DE LA CÁRCEL DEL HIJO PRÓDIGO, O QUÉ?

SOLO HA SIDO UNA NOCHE, NO ES EL FIN DEL MUNDO.

ESCUCHAD, YO TENGO QUE VOLVER A LA GRANJA. DIOS SABE CÓMO LA HABRÁN DEJADO.

ESPERA UN POCO. ¿CUÁNTO HACE QUE NO ESTAMOS TODOS JUNTOS?

¿ALGUIEN LO SABE?

YO SÍ: DESDE EL ENTIERRO DE JOHANNES. LINDA AÚN NO HABÍA NACIDO.

SOMOS UNA FAMILIA, SIN EMBARGO NOS COMPORTAMOS COMO EXTRAÑOS.

JACOB, NO SÉ NADA DE TU VIDA. NI TÚ DE LA MÍA.

LINDA, TE FUISTE DE CASA HACE UN AÑO, Y NO HICIMOS NADA POR RETENERTE.

SOLVEIG, VIVES AQUÍ AL LADO Y NUNCA TE INVITAMOS A CASA.

JOHAN, TE PASAS EL TIEMPO JUGÁNDONOS MALAS PASADAS.

NOS TENEMOS RENCOR, NOS MENTIMOS, HACEMOS COMO SI LOS DEMÁS NO EXISTIERAN...

Y AHORA LA POLICÍA NOS ACECHA. Y LOS MEDIOS. LA GENTE HABLA A NUESTRAS ESPALDAS.

TODO EL MUNDO ESTÁ EN NUESTRA CONTRA. ¿QUÉ NOS QUEDA, SI NO NOS APOYAMOS ENTRE NOSOTROS?

¿ENTRE LA FAMILIA?

YO NO OS OBLIGARÉ A NADA, PERO POR MI PARTE, SE ACABARON LAS MENTIRAS, LOS SECRETOS Y LAS COSAS NO DICHAS. TAMBIÉN EL RENCOR Y LA MEZQUINDAD.

A PARTIR DE AHORA, ESTOY CON VOSOTROS PARA APOYAROS Y QUEREROS. A TODOS, SIN CONDICIONES.

Y SOBRE TODO, NO OS MENTIRÉ.

PORQUE SOY VUESTRA FAMILIA, Y VOSOTROS, LA MÍA.

A PESAR DE LO QUE VOY A CONFESAR AHORA, ESPERO QUE ME SIGÁIS QUERIENDO.

JACOB, HACE MUCHO TIEMPO QUE DEBERÍA HABÉRTELO DICHO...

GABRIEL, PERDÓNAME...

HACE MUCHOS AÑOS TUVE UNA AVENTURA CON JOHANNES. ERES SU HIJO, JACOB.

¿ESTÁS DE BROMA?

¡JA, JA! ALUCINO...

ENTONCES, TODO ESTE DISCURSITO HA SIDO PARA QUE NO TE LAPIDÁRAMOS.

¿MAMÁ? ¿TÚ LO SABÍAS? ¿LOS SOBRES DE DINERO ERAN POR ESO?

¿Y TÚ CÓMO LO SABES?

¡JACOB, NO! ¡VUELVE!

¡DIOS ESTÁ CON NOSOTROS, JENNY! ÉL TE GUIO HASTA MÍ. SU FUERZA PASA A TRAVÉS DE MÍ.

YA CASI HA TERMINADO TODO. AHORA POR FIN PODRÉ AYUDARTE. MIS MANOS TE SANARÁN COMO LAS DE JOHANNES SANARON A LOS INOCENTES.

Y CUANDO TE HAYA SANADO...

ME CURARÉ DEL CÁNCER.

AGUA...

ES LA ÚLTIMA VEZ. TE LO PROMETO.

¿NO NECESITAMOS UNA AUTORIZACIÓN PARA HACER OTRO REGISTRO?

LA TENDREMOS, MARTIN. NOS LA ANTEDATARÁN. PERO TENGO QUE COMPROBAR UNA COSA.

¿QUÉ COSA?

¿TE ACUERDAS DE CUANDO JACOB ENTRÓ EN SU DESPACHO Y NOSOTROS YA ESTÁBAMOS DENTRO?

SÍ.

LO PRIMERO QUE HIZO FUE MIRAR LA CÓMODA QUE GUMAR ESTABA REGISTRANDO.

FUE MUY RÁPIDO, AL PRINCIPIO NO ME FIJÉ.

PERO DESDE ENTONCES NO DEJO DE DARLE VUELTAS.

QUIERO VOLVER A INSPECCIONAR ESA CÓMODA.

¡MIRA! ¡UN DOBLE FONDO!

UN CUADERNO.

¿ESTÁN SEGUROS DE QUE TIENEN DERECHO A HACER ESTO? NO QUIERO PROBLEMAS.

ESPÉRANOS FUERA. CIERRA LA PUERTA AL SALIR.

ES ERICA. LUEGO LA LLAMO.

DIARIO DE JOHANNES HULT. AÑO 1979.

EL AÑO QUE DESAPARECIERON SIV Y MONA.

¡NO PUEDE SER VERDAD!

¿NO TIENES IDEA DE DÓNDE ESTÁ?

¿NO HAY ALGÚN GRANERO AISLADO, UNA CABAÑA, ALGO ASÍ?

NO LO SÉ. YO SOLO ME ENCARGO DEL MANTENIMIENTO DE LA CASA.

TENGO QUE CONTESTAR. NO TE ALEJES MUCHO.

HOLA, PEDERSEN. ES ÉL. ESTOY SEGURO AL CIEN POR CIEN. HEMOS ENCONTRADO EL DIARIO DE JOHANNES. CUENTA CON TODO DETALLE LO QUE LES HIZO A LAS CHICAS EN EL 79.

LO LLAMA SU «EXPERIENCIA». LAS HERÍA PARA INTENTAR SANARLAS IMPONIÉNDOLES LAS MANOS. PARA RECUPERAR EL PODER DE SU INFANCIA.

EL DIARIO TERMINA A LA MITAD DEL CUADERNO, CUANDO BUSCABA UNA TERCERA VÍCTIMA. FUE ENTONCES CUANDO MURIÓ.

Y AL GIRAR LA PÁGINA, EMPIEZA DE NUEVO: UNA LETRA DIFERENTE, OTRO BOLÍGRAFO: 2003, EL DIARIO DE JACOB HULT.

JACOB RECOGIÓ EL TESTIGO. NO SÉ CÓMO ENCONTRÓ EL DIARIO, PERO CONTINUÓ DONDE JOHANNES SE HABÍA DETENIDO.

ÉL ES EL CULPABLE, Y EL SEMEN DEL CADÁVER DE TANJA TIENE QUE SER SUYO. TIENES QUE ENCONTRAR A QUIEN CAMBIÓ LAS MUESTRAS DE SANGRE.

NADIE LAS CAMBIÓ.

HE CONSULTADO ALGUNOS ARTÍCULOS MÉDICOS.

ME CONTASTE QUE JACOB RECIBIÓ UN TRASPLANTE DE MÉDULA DE SU ABUELO CUANDO ERA NIÑO.

PUES RESULTA QUE DESPUÉS DE UN TRASPLANTE ASÍ, LA MÉDULA DEL RECEPTOR EMPIEZA A PRODUCIR CÉLULAS SANGUÍNEAS CON EL ADN DEL DONANTE.

PERO EL RESTO DE CÉLULAS DEL CUERPO CONSERVAN SU ADN ORIGINAL.

ESA ES LA EXPLICACIÓN: AUNQUE EL ADN SEA DISTINTO, LAS DOS MUESTRAS SON DE JACOB HULT.

ERES UN GENIO. LUEGO TE LLAMO.

ACABO DE HABLAR CON GÖSTA. JOHAN SE HA PRESENTADO EN LA COMISARÍA. DICE QUE CONOCE UN SITIO DONDE JACOB PODRÍA ESCONDERSE. EN LA OTRA ORILLA DEL LAGO. GÖSTA TRAE A JOHAN, ESTÁN DE CAMINO.

CREO QUE SE TRATA DE UN VIEJO BÚNKER. JUGÁBAMOS AQUÍ DE PEQUEÑOS.

GRACIAS, JOHAN. TE LLEVAREMOS A CASA.

¡QUIERO QUEDARME!

NO. TE LLEVAREMOS A CASA.

VALE. VOY A ENTRAR. PASE LO QUE PASE, NO DISPARÉIS. VISTA VUESTRA FALTA DE PRÁCTICA, LO MÁS PROBABLE SERÍA QUE ME DIERAIS A MÍ.

¡MIERDA!

ERICA

YES   NO

LO SIENTO.

MUY BIEN. AHORA YA SABRÁ QUE ESTAMOS AQUÍ.

DE TODAS FORMAS, LA PUERTA ESTÁ CERRADA POR DENTRO. HAY QUE PROVOCARLO PARA QUE SALGA.

¿Y CÓMO LO VAMOS A HACER?

¿HAY ALGUIEN?

¡NO TE MUEVAS!

¡DEJA A LA CHICA EN EL SUELO! ¡VAMOS!

¡DESPACIO! SIN BRUSQUEDAD. ¡EH!

ERA
ERICA.

HA NACIDO
NUESTRO
BEBÉ.

NO DEJO DE PENSAR EN ESAS CHICAS. EN SUS PADRES.

EN JACOB, DEVORADO POR LA ENFERMEDAD. EN SU FAMILIA, DESTRUIDA PARA SIEMPRE.

EN TODAS LAS TRAGEDIAS QUE UN POLICÍA ENCUENTRA A LO LARGO DE SU CARRERA.

HAY TANTAS COSAS QUE PUEDEN ECHAR A PERDER UNA VIDA...

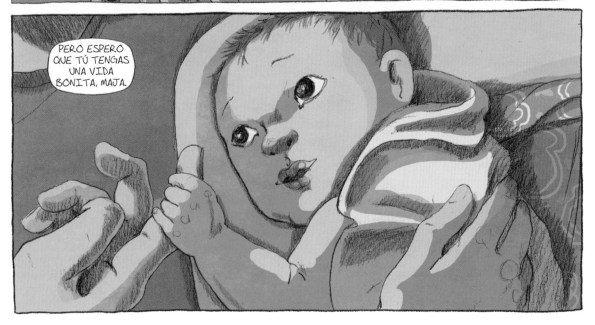

PERO ESPERO QUE TÚ TENGAS UNA VIDA BONITA, MAJA.

¿Has leído el libro que ha inspirado esta novela gráfica?
Conoce la serie Los crímenes de Fjällbacka

La princesa de hielo
Misterios y secretos familiares
en una emocionante novela
de suspense.

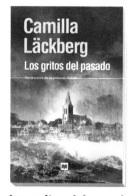

Los gritos del pasado
Fanatismo religioso y complejas
relaciones humanas en una
escalofriante novela.

Las hijas del frío
Venganzas que resurgen del
pasado en un terrible suceso que
siembra el pánico en Fjällbacka.

Crimen en directo
Conseguir audiencia a cualquier
precio se puede convertir en una
trágica pesadilla.

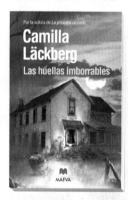

Las huellas imborrables
Un nuevo caso trepidante de Erica Falck
y Patrik Hedström sobre el peso de la
culpa y los errores cometidos.

La sombra de la sirena
Un ramo de lirios blancos, unas
cartas amenazadoras, un siniestro
mensaje de color rojo sangre.

Los vigilantes del faro
Un misterio sin resolver ronda la isla
de Gråskär desde hace generaciones,
y el viejo faro oculta la clave.

La mirada de los ángeles
Cuando ya lo has perdido todo,
puede que alguien quiera
destruirte también a ti.

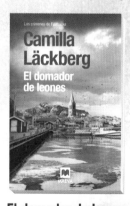

El domador de leones
En ocasiones, el mal puede
ser aún más poderoso
que el amor.

NOVELA GRÁFICA

La primera novela gráfica de **Los crímenes de Fjällbacka**, basada en el libro más leído de **Camilla Läckberg**

LIBROS INFANTILES ILUSTRADOS

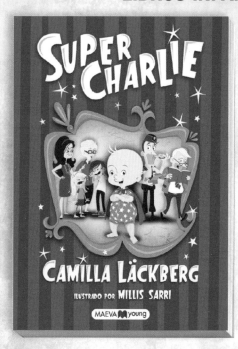

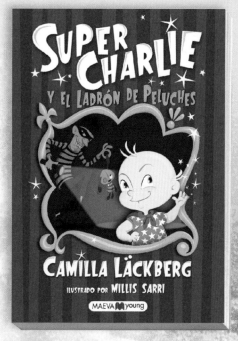

Descubre las historias protagonizadas por el detective más joven del mundo

APR 1   2010